하지 못한 말들이 모이는 곳

하지 못한 말들이 모이는 곳

하지 못한 말들이 모이는 곳

초 판 1쇄 2026년 02월 27일

지은이 정희진
펴낸이 류종렬

펴낸곳 미다스북스
본부장 임종익
편집장 이다경, 김가영
디자인 임인영, 윤가희, 윤영빈
책임진행 안채원, 이예나, 김은진, 국소리, 송가희, 이지영

등록 2001년 3월 21일 제2001-000040호
주소 서울시 마포구 양화로 133 서교타워 711호, 808호
전화 02) 322-7802~3
팩스 02) 6007-1845
블로그 http://blog.naver.com/midasbooks
전자주소 midasbooks@hanmail.net
페이스북 https://www.facebook.com/midasbooks425
인스타그램 https://www.instagram.com/midasbooks

© 정희진, 미다스북스 2026, *Printed in Korea*.

ISBN 979-11-7355-735-4 03810

값 18,000원

미다스북스는 다음세대에게 필요한 지혜와 교양을 생각합니다.

하지 못한

말들이

모이는 곳

정희진 시집

미다스북스

차

례

1장

제자리에 가져다 놓을게

2장

세상의 모든 너와 나

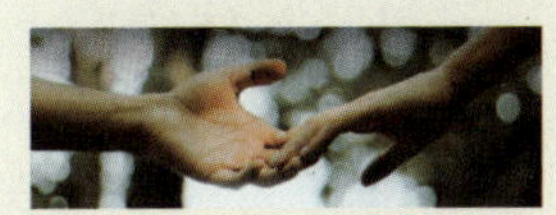

3장

너를 사랑하려고 태어난 것처럼

5장

내가 나로 태어난 기적에 대해

에필로그

제자리에

가져다

놓을게

1장

이별의 말

너와 내가
섞이지 않는 우리가
그래서 완전한 우리가
서로를 파괴하지 못하는 우리가

내 오래된 아픔이었다고
말하고 있는 거야

너에게 나는
무심히도 사랑이었고
그저 기쁨이었다는 것이
나는 너의 아픔이 될 수 없다는 것이

내 영원한 질문이 될 거라고
말하고 있는 거야

너의 이야기를 들어주는 방법을

너와 함께 살아가는 방법을

끝내 찾지 못했다고

마침내 말하고 있는 거야

처방전

아름다운 것을 아름답게 볼 줄 모른다면
그 안타까움 앞에 시간이 필요하다

너 없이는 살 수 없어, 라든지
너 없이도 살 수 있어, 같은
아주 섣부른 결심 앞에도
충분한 시간이 필요하다

누군가를 미워하지도
제대로 사랑하지도 못하는
그 삐뚤어진 마음 앞에는
특별히 많은 시간이 필요하다

아프게 박힌 말 때문에
끝내 박히지 못한 말 때문에

시들어가는 작고 작은 마음 앞에도

그저 넉넉한 시간이 필요할 뿐이다

시간 앞에서

지나간 것과
아직 지나가지 않은 것
그것뿐이야

지나가지 않은 것을
흐르는 시간 위에 올려놓기로 한다
거대한 컨베이어 벨트 앞에서
너를 들고 서 있다

모든 것은 시간 위를 지나가면
지나간 것으로 포장되어 한곳에 쌓인다
아무렇지 않은 것이 되어
아무렇지 않게 쌓인다

무한히 펼쳐져 있는 줄 알았던 세계도
작은 공간 위로 겹겹이 포개질 뿐이다

이토록 엄청난 위로를
이제서야 받기로 한다

너를 멈춰있지 않은 시간 위에 올리고
다 지나가기를 기다리면
마침내 지나간 것이 되면

나는 다른 너를 만날 수 있을까
겹겹이 포개져 작아진 너를
편안한 너를

제자리에 가져다 놓을게

내가 이것을

제자리에 가져다 놓을게

너를 만난 적이 없던

우리가 존재한 적이 없던 그곳으로

고스란히 가져다 놓을 거야

그게 아니면

너를 덜어내고 내려놓고 비우는 데

내 모든 시간을 다 쓰고 나서

마침내 우리가 존재하지 않게 될 그곳으로

아주 오랜 시간을 들여 가져다 놓을 거야

모든 것은 존재했던 적이 없고

또 영원히 존재를 멈춰

그건 슬픈 일이 아니야

그러니까 별일 아니야

사실은 아무것도 아니야

고작 생 하나를 살며

아무리 길고 길어도
생 하나를 넘지 못하지

마음에 담고 또 담아도
마음의 크기를 넘을 수 있나

내가 너를 이해한다면
내 이해력의 크기만큼

내가 너를 기억한다면
내 기억력의 크기만큼

이 여린 몸으로
고작 생 하나를 살고

이 작은 마음으로

고작 사랑을 하는 거지

이런 기적 앞에서

아무리 멀어지고 멀어져도
지구 하나를 넘지 못하지

무엇을 어떻게 해도
우리는 너무 가까워

무한과 영원의 우주 속에서
시공간을 함께 나누었다
서로의 이름을 무수히 불렀다

우리가 아무것도 아닐 수 있을까,

평생을 안 보겠다 돌아서는 일이
인연이 아니었다 읊조리는 일이
우습고 우습다

이별 후에

마음을 척박하게 만드는 일
감정이 자라나지 못하게
생각을 잘게 부숴내는 일

그러나 어느 틈새로 싹을 틔운
감정의 무서운 생명력에
순식간에 잠식당하는 일

마음이 덩굴진 너로 가득하여
더는 나를 지켜낼 수 없는 것을
그제야 내가 아픈 것을 아는 일

아파
너를 아프게 했을까 봐

아파

네가 아프지 않을까 봐

첫사랑

나는 사랑하는 방법을 모르는데
너를 사랑한다고 했다

첫 단추를 잘못 끼운 것을
두 개의 삶이 어긋나고 있는 것을
알지 못했다

그대로 단추를 다 채워버린 것도
풀었다 다시 채울 수 없다는 것도
알지 못했다

뜨거워 어쩔 줄을 몰랐다
내가 뜨겁다는 것 말고는 아무것도
알지 못했다

한마디의 말이 영원한 어긋남으로

조용히 치달을 수 있다는 것을

알지 못했다

첫사랑이어서

잘 담을 수 없었다

단단히 엮을 수 없었다

첫사랑 2

나의 삶을 송두리째

너에게 주고 싶었어

너는 받지 않았지

내가 잘못 주어서

인생은 한 번뿐인데

이걸 깨우쳐 어디에 쓸까

쓸모없는 교훈

무너져 내리는 마음

애도

함께 보낼 수도 있었던 오늘 하루와

함께 살아갈 수도 있었던 우리의 삶 전체에 대해

세상에 태어날 수도 있었던 어떤 아이에 대해

머리 위에서 폭죽이 터지는 인생의 눈부신 순간들과

의미 없이 흘러가는 대부분의 시간들에 대해

끝없이 이어지는 삶의 너저분함과 고단함 속

작은 웃음들과 작은 한숨들에 대해

함께 맞추었을 수많은 인생의 퍼즐 조각들에 대해

언젠가 어느 날에

언젠가 어느 날에
어떤 삶들에 대해
이야기할 수 있을까

마주하지도 돌아서지도 않은 채
다만 먼 곳에 놓여야 했던
어떤 삶들에 대해

사실은
내 모든 생을 다 바쳐
너를 이해했었다고
말할 수 있을까

모든 것이 사랑이었다고
그 사랑을 품기에는
내가 너무 작았다고

말할 수 있을까

생이 저물어 가는 어느 날에
여전히 반짝이는 눈동자로

그래야만 했던
그러지 않을 수도 있었던

어떤 삶들에 대해
어떤 사랑에 대해
우리는 이야기할 수 있을까

각자의 우주에서

나의 세상이 산산조각 나던 순간

모든 조각들이 네가 되어 온 세상에 쏟아져 내렸다

내 몸 구석구석 세차게 때려 박히던 너

아프고 눈부신 시절

우주의 탄생처럼 그냥 일어나버린 일

우연히 무심히 그리고 영원히

다른 세상을 꿈꾸었던 나

너의 조각들로 다시 만들어진 세상에서

너를 흡수하고 너에게 절여진 나는

너라는 태양이 영원히 소멸해가던 순간에

다른 세상은 없다는 걸 알았다

숨을 쉬어야 했다

이해하려고 노력해야 했다

마음을 억지로 사용하고 텅 빈 꽃을 피워야 했다

다른 세상을 꿈꾸었을 너

너의 조각들로 세상을 다시 만들지 않는

너를 흡수하지 않고 너에게 절여지지 않는

조금 더 믿음직한 세상으로 너는 걸어갔다

세차게 내려꽂히지 않고 그저 단단한 걸음으로

우리의 우주가 영원임을 알았어도

평생을 묻고 답해도 결코 알아낼 수 없는 이유로

우리는 그 우주를 유영하며 영원히 어긋나기로 한다

나는 이제 내 숨을 쉰다

이해하려고 하지 않는다

마음을 그저 가만히 두고 꽉 찬 꽃을 피운다

1/4 MILE
END

세상의

모든

너와 나

2장

사랑, 너는

너는 너무
야하고 슬퍼

몸이 붙었다 떨어질 때
마음도 붙었다 떨어지는 걸까

너무 세차게 붙었다 떨어져서
그 마음이 부스러지는 걸까

내 우주를 펼쳐서 내주었다가
그 우주에 혼자 남겨진다

아름다운 허울
탐스러운 공허

오늘 뭐 하고 싶어?

너랑 싸우고 싶어

물어뜯고 할퀴고 악다구니를 쓰며

누구와도 하지 않는 그 미친 짓을

너랑 하고 싶어

나한테 감정을 끝까지 다 써

너한테 감정을 끝까지 다 쓸게

내 슬픔과 분노를

한 톨도 남김없이 다 쏟아내고

너의 감정이 폭포처럼 쏟아지는 걸 보고 싶어

너도 나랑 다르지 않구나,

나도 너랑 똑같아,

이런 걸 발견하고

서로의 바닥을 다 확인하고

상처받는 일조차 미워하는 일조차

우습게 만들고 싶어

너의 모든 것을 나의 모든 것으로

힘껏 끌어안고 싶어

넌 오늘도 좋은 사람이겠지

상처 주지 않고 상처받지 않는 사람

소중한 시간을 아름답게만 쓰는 사람

그래, 그것도 좋아

언어의 타락

수화를 하는 사람을 오랫동안 바라보았다

말이 온몸에서 쏟아져 나오고 있었다

모두가 이렇게 아름답게 말하던 시절이 있었을까

태초의 사람들은 춤추듯이 말하였고

듣기 위해 상대를 집중해서 바라보았겠지

대화는 두 사람이 만드는 예술이었겠지

우리의 언어는

너무나 훌륭한 나머지 타락하고 말았다

아무것도 담지 않은 얼굴로도 말할 수 있고

상대를 바라보지 않고도 들을 수 있다는 것이

사실은 얼마나 위험한 일인가

말에 마음을 전혀 담지 않을 수도 있고

너무 커다란 마음은 결코 담을 수가 없으며

마음을 잘 담으려 할수록 말은 심술을 부린다

사람들은 말을 너무 많이 한 결과로

오해와 상처로 벽을 쌓고 살아가면서도

달변가가 되기를 시인이 되기를 갈망한다

우리가 수화를 했더라면,

사람들이 춤추듯이 온몸으로 말하던 때

너와 내가 존재했더라면,

우리는 서로를 더 잘 볼 수 있었을 텐데

꽃 한 송이를 대하는 일

우리에게 가장 필요 없는 것은

말과 글이다

단어와 문장이다

끊임없는 쉼표들과 물음표들이다

우리가 내려놓아야 할 것은

사람들은 언어로 소통을 한다는

어리석은 믿음이다

너를 이해할 수 있고 나를 이해시킬 수 있다는

서글픈 착각이다

나는 왜,

너의 세상에서 꼼짝도 하지 않는 너를

나의 세상으로 데려오지 못해서

아플까

한 사람을 사랑한다는 것은

그저 꽃 한 송이를 대하는 일이어야 한다

꽃을 바라보며 웃고

그저 아름답게 피어있기를 바라는 일

세상의 모든 너와 나

나는 너에게 뛰어든다

우리는 물과 기름처럼 분리된다

다음 날 너에게 또 뛰어든다

너는 나를 건져 놓는다

너는 나를 집어삼켰다가 뱉어낸다

나는 너를 집어삼키지 못한다

우리는 자석처럼 붙지만

서로의 빈틈으로 섞여 들어가지 못한다

우리는 함께 웃지만

함께 울지는 못한다

네가 내 이야기를 들어주지 않아서 시를 써

너를 생각하며 말을 하면

시가 된다

가장 진실에 가깝고

가장 반짝이는 단어를 골라

지금 이 순간의 모든 것을 걸어

단 한마디의 말을 할 거야

어떤 말이 너를 웃게 할지 몰라서

아니면 너를 울게 할지 몰라서

어떤 말이 너의 마음속에

오래오래 살아남을지 몰라서

너를 생각하며 글을 쓰면

한 번도 흘러본 적 없는

멈춰있는 시가 된다

너에게 깊숙이 박혀 드는 꿈을 꾸며

영원히 잠들어 있는

꾹꾹 눌러 쓴 글자들이 된다

돌림노래

또다시 시작한 나의 질문과

또다시 시작한 너의 답

그 슬픈 노래를 또 부르자고?

질문은 언제나 똑같고

답은 언제나 단단해서

질문은 답을 깨뜨리지 못하고

답은 질문을 끝내지 못한다

답은 질문을 삼키고 질문은 답을 삼키는

끝나지 않는 돌림노래

질문을 멈추면 답이 멈출 거야

그러면 모든 것이 그대로 멈출 거야

그러니까 그걸 또 불러

몇 번이고 또 부르자

삶이 아닌 것

이게 바로 삶이야,

너는 나를 가르치듯 말했다

밑줄을 그어 놓으라고 했지만

밑줄을 그을 문장이 내겐 없다

이건 삶이 아니야

이건 정확히 삶의 반대야

삶으로부터의 도피

현실이 아닌 판타지

마법이나 꿈이나 사랑 같은 것

그냥 그런 아무것도 아닌 것

우리가 만든 슬픈 공간에 갇혀

닫힌 문을 두드리고 또 두드린다

다른 쪽 문을 열고
그냥 걸어 나오면 된다는 걸
알면서도

나는 열린 문을 열지 못하고
너에게 삶을 묻고 또 묻는다

이게 바로 삶이야

너에게 모든 감정을 다 쓰는
한없이 부족한 사람이 되는 것

동시에 너에게 모든 감정을 다 쓰는
한없이 온전한 사람이 되는 것

그리고 나와 똑같은 너를
한없이 부족하고 한없이 온전한 너를
끝도 없이 감당하는 것

생의 정면에서
살아간다는 것의 고단함과 한숨 속에서
우리의 끝없는 모순 속에서

날마다 기어이

생의 아름다움을

찾아내고 또 찾아내는 것

드넓은 존재가 되어보기

드넓은 바다가 될게

너를 흠뻑 젖게 하고
숨 못 쉬게 할게

너를 띄우고 넘실거릴게
너를 기쁨과 두려움 사이에 가둘게

너를 익사시키고 싶은 유혹을 떨치고
소중한 너를 심술궂은 나에게서
몇 번이고 건져 놓을게

드넓은 평원이 될게

너를 고요함으로 감싸고
선명한 들숨과 날숨의 기쁨을 줄게

너를 끝도 없이 달리게 할게
너를 한없이 작은 존재로 만들게

사실은 너를 기다리고 있었다고
내 공간이 너로 가득 차 있다고
불현듯 고백할게

막다른 길

끝까지 한번 가 봤어

그래, 여기까지 한번 와 봤어

더는 길이 없다는 것을 확인하려고

너를 다그쳐 마침내 얻어낸 진실로

한 번 더 내 세상을 힘껏 부수려고

여기 멈추어 서 있어

후회하지 않으려고 할 말을 다 한 것을

후회하며 서 있어

널 사랑하지 않으려고 여기까지 와서는

널 사랑하며 서 있어

놀이

이제 여기서부터는 놀이야

아무 말도 하지 않기 놀이

생각을 말하는 순간 지는 놀이

오해는 자연스럽고 당연한 일이야

모든 것을 이해할 수는 없으니까

내게 주어진 만큼만

즐겁게 이해하기

파헤치지 않고

휘저어놓지 않고

그대로 놓아두기

그대로 놓아둔 것이 무엇이었는지

마침내 잊는
즐거운 놀이

너를

사랑하려고

태어난

것처럼

3장

청혼

너의 삶에 내 삶을 갖다 부비고 싶어

내 작은 세상에 너의 엄청난 세상을 욱여넣고 감당하고 싶어

두 개의 생을 힘차게 충돌시켜 보고 싶어

어떤 것은 산산이 부서지고

어떤 것은 튕겨 나가고

어떤 것은 자연스레 섞이고

그리고 어떤 것은 새로 만들어지겠지

우리는 아프고 아물고 그 자리에 꽃을 피우겠지

불협화음이 감상 포인트인 음악을 연주하겠지

해석이 분분한 그림을 그리겠지

너도 기적이고 나도 기적이야

너와 나를 섞으면 어떤 작품이 되는지 보고 싶어

나는 너에게 예술을 해

넌 오늘 많이 웃었고 노래를 불렀어

부끄러움을 모르는 아름다운 소년

난 그런 너를 만들어 내고 또 소비할 거야

나만이 할 수 있는 그걸 내가 할 거란다

너는 나에게 예술을 해

나의 미지의 영역을 색칠해 주는 존재

나를 끝도 없이 찾아내고 살려내고

모든 것을 모든 것으로 받아들이게 하지

나는 너의 영원한 미완성 작품이란다

사랑이 다닐 수 있게

갔다 오렴

가서 생기를 잔뜩 묻히고 돌아오렴

사랑을 모른 척할 수 있나

한 곳에 고여있게 할 수 있나

결국 시들게 할 수 있나

두 개의 생이 포개지던 순간

이미 태어나버린 사랑에게

책임을 다해야 한다

사랑이 다닐 수 있게

친절하게 길을 내어 주고

너그러이 문을 열어 두어야 한다

갔다 오렴

가서 환희를 가득 머금고 두둥실 날아오렴

너에게 좋은 것만 줄게

나의 예쁨을 나눠주고

내 웃음소리를 들려주고

너의 사계절이 될게

너의 이야기를 들어주고

너의 노래를 들어줄게

너의 아름다움을 내가 완성할게

딱 이것만 할게

너의 세계를 상상해

네가 어디에 있든

그곳이 가장 경이로운 세계야

모든 것이 너를 위해 준비되어 있으니까

너를 살아가게 하는

그 모든 것들에

나도 감사해

너의 모든 길과 풍경들

너에게 내려앉을 햇살

해야 할 일들과 만나야 할 사람들

너를 웃음 짓게 할 사소한 행운들

그 하루 속에 내가 있어도

내가 있지 않아도

너의 하루를 채워주고

너를 존재하게 하는

그 모든 것들에

나도 겸허히 감사해

나의 악보 위에

너의 말들을 나의 악보 위에 옮겨 볼게
소리의 높고 낮음과 길고 짧음을
곡의 분위기와 속도와 셈여림을
하나도 놓치지 않고 세세하게

반주는 내가 넣어 볼게
너의 목소리와 어울리는 소리들을 찾아볼게
세상의 어떤 소리라도 좋을 거야

잔잔한 빗소리
부드러운 바람 소리
내 웃음소리

쉿, 어떤 순간은 무반주로
아마도 내가 가장 좋아하는 순간일 거야

어쩌면 햇살이 쏟아지는 소리

커다란 꽃 한 송이가 피어나는 소리

마음이 마음 위에 내려앉는 소리

너의 입술 위에 내려앉았다가

그대로 날아가 버린 그 노래들을

나만이 읽을 수 있는 악보 위에

단단히 잡아 둘게

우리의 이야기가 끝날 때까지

우리의 책은 마지막 장이 되고

마지막 문장에는 영원한 마침표가 찍히겠지

우리가 어디쯤 와 있는지

알지 못하는 순간에도 나는

하얗게 센 머리카락에 분홍색 리본을 하고

너를 찾아갈게

주름진 얼굴에 반짝이는 눈빛을 하고

너를 생각할게

하얗게 센 마음 같은 건

주름진 마음 같은 건 없을 거야

우리의 이야기가 끝날 때까지 나는

너의 여주인공이 될게

모든 것이 시작되던 날

왜일까,

너는 나를 불러냈고

알 것도 같아,

나는 모른 척 나갔어

작고 어둡고 조용했던 카페

그날의 기억이 아파

모든 것이 시작되던 날

우리는 마주 앉아

걷잡을 수 없는 무언가를

차분하게 감당하고 있었어

이게 뭘까,

너는 너의 말을 했고

알 것도 같아,

나는 나의 말을 했어

서로가 서로에게 쏟아져 들어오는 걸
알고 있으면서
알지 않으려고 하면서

모든 것을 알 것 같은 순간이었지만
우리가 앞으로 무엇을 하게 될지는
조금도 알지 못했지

네가 나의 햇살이 되고
내가 너의 소나기가 되고
우리가 커다란 여름을 열고
그 여름에 영원히 갇힐 거라는 걸

음악을 듣다가

너에게 이 음악을 보내려다가 말아

온전히 전할 방법이 없다는 걸 알아

이 음악이 물들인 내 공간의 색감을

이 음악이 빚어낸 내 마음의 질감을

어떤 소리가 나를 짜릿하게 하는지

이 리듬 위에 내가 어떻게 올라타는지

작곡가가 이 리듬을 만들 때

내 춤도 같이 만들었다는 사실을

내가 설명할 방법이 있을까

모든 것을 전달할 수 없을 테니

아무것도 전달되지 않을 테니

너에게 사랑한다고 말하려다가 말아

내가 무슨 수로 그걸 다 말할 수 있겠니

사의 찬미

오늘의 어스름을 함께 걷고 싶어
어둠이 온 세상을 잡아먹을 때
하루가 영원히 멸망하는 역사적인 순간을

계절이 바뀌는 날들을 함께 하고 싶어
두 계절이 섞이는 냄새를 마시며
함께했던 계절을 떠나보내자

가득 채워진 것이 사라지는 순간을
너와 함께 기뻐하고 싶어
사라진다는 것은 채움의 완성일까,
하고 너에게 우아하게 묻고 싶어

우리의 생이 저물어 가는 순간에
살아온 날들을 헤아리는 너의 두 눈이
얼마나 반짝거리는지 내가 봐 줄게

더는 채울 것이 없는 어느 날

너와 함께 사라질 수 있다면

아까울 것이 있을까

안부

너는
오늘도
아름답니

너의
물결은
잔잔하니

어젯밤에 읽은 책에서
가지고 나온 문장이 있니

특별히 챙긴 것은 아니지만
너를 따라나선 노래 한 소절이 있니

들이마신 공기를
내려앉은 햇살을

기적으로 바꾸었니

너의 리듬 속에서
춤을 추고 있니

오늘의 꽃 한 송이를
피워내고 있니

하지 못한

말들이

모이는 곳

4장

애도의 끝

충분한 시간만큼 거기 머물러야 했어

그 너머의 시간으로 가기 위해

하나의 세상을 다 무너뜨리고

더는 무너질 게 없을 때까지

찐득한 마음들이 묽어져서

마침내 다 흘려보낼 수 있을 때까지

이제,

그 너머의 시간에

한 발을 들여놓을게

영원히 죽어버린

어떤 세상에 대한 애도를 끝내고

나를 조용히 기다려 주었던

나의 세상에 대한 감사가

끝없이 펼쳐지길 기대하며

꽃을 위해

아름답게 잘 피어있나요?

꺾어서 내 화병에 꽂지 않겠습니다

바싹 말려서 보관하지 않겠습니다

그곳이 어디든 그저 피어 계세요, 피어만 계세요

빗속에서 춤을 추고

햇살 속에서 눈을 감고 꿈을 꾸세요

바람이 불면 바람결에 향기를 실어

여기로 보내주세요

꺾어 오지 못해서 내 품에 안지 못해서

내가 감히 시들게 할 수 없으니

다행입니다

하지 못한 말들이 모이는 곳

하지 못한 말들이 공기 중에 떠다니다가
어느 작곡가에게 가닿아 음악이 되는 거라면
하늘에 총총히 별이 되어 박히는 거라면

무겁고 찐득한 말들을
작은 마음 위에 짊어지고 살아가다가
마침내 점성을 잃고 세상에 흩뿌려지는 거라면
그렇게 우리가 가벼워지는 거라면 좋겠어

우연히 마주한 풍경 앞에서 가슴이 시리다면
어떤 그림 앞에 문득 멈추어 섰다면
누군가의 갈 곳 잃은 말들이 모여 있는 게 아닐까

나날이 조금씩 더
세상은 찬란해지고
사람들은 가벼워지는 거라면 좋겠어

사건의 경위

그저 나의 길을 걷는 중에

일어난 일이었다

너를 나에게 빠져들게 한 것도

너를 나에게서 빠져나오게 한 것도

내가 한 일이었다

나를 사랑하기 전에는

누구도 사랑할 수 없다는 것을

배우는 중이었다

나를 잃지 않기 위해

너를 잃어야 했던 과정이었다

너와 바꾼 것은 나의 모든 것이었음을

오랜 시간에 걸쳐 알게 될 예정이었다

마침내 나 자신에게 무사히 도달하도록

온 세상이 나를 돕는 중이었다

모든 것의 가치

두 삶이 만나
반짝거렸다
한때

지나간 것
삶이 아닌 것
미래가 없는 것
한 번 반짝거려본 것의 가치

기억에 맺힌
마음에 맺힌
내 모든 감각 기관에 맺힌
여전히 반짝거리는 것의 가치

어딘가에 무엇으로든 남아
잊힐 수는 있어도

사라질 수는 없는

그 한낱 한때의 가치

누군가의 기억이 된다는 것

너는 나에게 여행을 왔었다

지금은 너의 자리로 돌아갔다

나는 너에게 기억이 되었다

내가 너의 어디선가 반짝거리고 있다는 것이다

불가항력

우리가 흘리고 다닌 사랑이
어쩔 수 없이 세상에 떠다녀

우리가 머문 곳곳에
머물지 않은 곳에도

한 번 와르르 쏟아져버린
사방으로 정신없이 흩어져버린
나도 모르게 뚝뚝 흘리고 다닌
그런 걸 다 없앨 수 있나

지구를 떠도는 미세플라스틱처럼
우리가 만들었다 폐기한 사랑에서
끊임없이 분해되어 떨어져 나오는

어딘가를 떠다니고

어딘가에 묻어 있다가

불현듯 발견되고 마는

불가항력

협곡에서

뜨겁던 네가 흘러간 자리

너를 남김없이 다 내보내기 위해

강제로 마음에 길 하나를 내고

그 좁은 길이 깊게 패이고 또 패이도록

너를 흘려내고 또 흘려내느라

많이도 아파야 했겠다

마음에 깊게 패인 너의 흔적

이제는 그 길에 맑은 물이 흐르고

아름다운 계절들이 찾아온다

뜨겁던 네가

이 길을 흘러갔었다는 사실만이

영원처럼 남아 있겠다

만년설

한 조각의 마음을

얼리기로 해

뜨거울 수 없어서

서늘해질 수 없어서

어떠한 온도도 적당하지 않아서

온기도 생기도 더는 붙어있지 못하게

멈춰 있기로 해

얼려둔 것은 변하지 않을 거라서

안도하기로 해

한 조각의 마음을

녹지 않게 지키며

눈이 녹고 꽃이 피는 곳에서

푸르고 따뜻하게

살아가기로 해

만지작거리다

네가 내 슬픔인 것이 좋아
내 슬픔이 너인 것이 좋아

내 커다란 슬픔이
고작 너라는 게

너의 부재가 아니라
너의 실재라는 게

아무것도 아닐 수 있었는데
무엇인가로 남았다는 게

끝내 놓지 못하고 만지작거리다
예쁘게 다듬어진 슬픔이 된 너

만지작거리다

이만하면 되었다고
생각한다 매일같이

매끄럽고 동그랗게
날마다 예뻐지는 슬픔

등 돌리기

우리가 서로 등을 돌리고 서면

그건 등끼리 마주 보는 거야

마주 보지 않음을 마주 보는 것

어떤 적막을 귀 기울여 듣는 것

우리가 서로를 정면으로 마주하고

모든 감각을 서로의 존재로

찬란하게 물들였던 것과 같이

우리의 뒷모습도 그렇게 마주하고

보이지 않는 서로를 똑바로 보는 거야

서로가 서로에게 무엇이 되는지

끝내 무엇이 남는지

그걸 보는 거야

네가 쌓이기 때문이야

내가 너를 사랑하는 이유는

네가 나의 과거이기 때문이야

계속해서 나의 과거로 쌓이고 있기 때문이야

깊숙하게 박혀 있고

축축하게 스며들어 있고

찐득하게 달라붙어 있고

선명하게 얼룩져 있고

아무렇게나 쏟아져 있고

별수 없이 흘러넘쳐 있기 때문이야

과거는 지나간 것이 아니라

그대로 내가 되어버린 것

네가 쌓이면 그걸 짊어지고

나의 한 페이지를 채우기 때문이야

살아간다는 것은

과거를 만들어가는 과정이 아닐까

생의 마지막 순간에

멋진 영화 한 편을 보려고

내가 나로

태어난

기적에 대해

5장

나의 세상

커다란 몸으로
나를 끌어안아
강하고 부드럽게
나를 압도하는 너

너의 품에서 꼼짝없이
너를 들이마시고
너를 이해한다

네가 나를 죽이면
행복하게 죽을래

나의 죽음을 담담히 감당할
나의 일부를 영원히 간직할
유일한 너

인생은 비극

내가 꿈꾸었던 여행은

언제나 다른 방향으로 흘러가

내가 기대했던 맛은

늘 그렇듯 이 맛이 아니지

내가 내 이야기를 만들 수 없어

이게 비극 같아?

세상은 언제나 내 빈약한 상상력을 비웃지

더 재미난 걸 보여 주겠대

일단 뛰어들어 봐

세상이 내 이야기를 어떻게 만드는지 봐

재미있잖아

이 재미있는 생을 한 번밖에 못 살다니

이게 비극이네

분명한 기적

내가 쉬는 숨

내가 추는 춤

내가 피운 꽃

내가 나로 태어난 기적을

끝도 없이 마주하는 일

우리 사이는

세상이 또 나에게 무엇을 가져다줄까,

가만히 기다려보는 내가 좋아

어떤 풍경이

어떤 기억이

어떤 문장이 내게 올까

난 또 무엇의 목격자가 될까

난 또 무엇을 기념하게 될까

세상이 나에게 주는 것들을

내 품 가득 안는 내가 좋아

세상과 나

아무도 모르는

우리 둘만의 관계가 참 좋아

꿈꾸고 기억하며

언제나 여행을 하자
가 보지 못한 곳을 꿈꾸고
머물렀던 곳을 마음에 품고 살자

지금 내가 서 있는 이곳도
누군가에게는 평생을 꿈꾸는 곳이거나
평생을 기억하는 곳일 거야

사람들이 저마다 누군가에게
그곳에서 아름답게 살아 주세요!
라고 마음속으로 외친다거나
내가 이곳에서 아름답게 살고 있을게요,
라고 나지막이 속삭인다면

각자의 자리에서 일상을 살아가는 일이

얼굴도 모를 누군가의 꿈과 기억을

지켜주는 거라고 생각해보면

우리의 지구 전체가 반짝거릴 것 같지 않니?

내 마음에 봄이 왔어

아프지 않은 마음에는
무엇을 올려놔도
아름다워

마당 가득 들어온 햇살
테이블 위에 놓인 커피 한잔
활짝 핀 벚꽃에 터져버린 웃음

마음 위에 또 무엇을 올려볼까
무엇이든 무엇이라도
세상, 너 참 아름답다

눈부신 봄볕의 어느 틈새로
슬며시 들어와 앉은 게
너라고 해도 이제는

아프지 않은 마음 위에

너를 올려놓으니

좋아

봄꽃

봄꽃은

저 혼자 피어있으려고

피어나지 않는다

척박한 마음 위에도

표정 없는 얼굴 위에도

환하게 번지려고

이렇게도 쉽게

저항할 틈도 없이 한순간에

나를 피어나게 하려고

봄꽃은

계절을 견디고 온 힘을 다해서

피어나는 것이다

여행

내가 여기에서 존재하는 걸 잠시 멈추고

나를 다른 어딘가에 홀연히 가져다 놓을 거야

내 발로 기꺼이 낯선 세상으로 들어가서

수없이 상상해 봤던 장면들과

한 번도 상상해 본 적 없던 장면들을 마주할 거야

가진 돈을 모두 쓰기로 작정하고

시간을 마냥 흘러가게 두고

체력을 끝까지 소진하며

하루를 온전히 소비하는 일에만 몰두한 끝에

그것이 엄청난 생산이었다는 것을 확인할 거야

반복되며 흘러가는 엇비슷한 날들 속에

반짝거리며 튀어 오르는 몇 개의 날들을

단단히 박아 놓을 거야

내게 주어진 작은 세상 속 어딘가에

눈을 감으면 언제라도 다녀올 수 있는 곳을

단단히 심어 놓을 거야

여행 사진

지구 반대편 어딘가에
소박하고 조용하고 따스한 그런 곳에
선명한 색채의 일부가 되어

이곳이 나를 위해 존재했나 싶게
내가 이곳을 위해 존재했나 싶게
서로가 서로를 온전히 가진 상태로

내가 밟고 선 땅이
나를 감싼 모든 풍경이
내 머리카락을 날리는 바람이
여기서 오랫동안
나를 기다리고 있었다는 것을 증명할게

그렇게 이곳의 일부가 되어
영원히 남을게

초원의 마음

풀을 키워내기엔
비가 부족하지만

사바나를 부러워하지 않는다
열대우림을 꿈꾸지 않는다

자라다 만 풀들과
말라버린 풀들을 소중히 품고
양을 기다리고 또 비를 기다린다

나는 버려진 땅이 아니야
나는 드넓은 기다림
또 조용한 받아들임

나에게 와서 숨을 쉬어 줄래?

할 수 있는 만큼 멀리까지 봐 줄래?

그렇게 하염없이 있어 줄래?

초원에게

알아, 커다랗고 조용한 마음은

결코 버려질 수 없다는 걸

드넓은 공간 가득

비를 기다리는 마음과

양을 먹이고 싶은 마음이

전부인 너에게

언제나 언제까지나

그렇게 존재하기를 바라게 돼

나의 타고난 생의 굴레에서

작고 소란하게 살아가다가

어느 날 문득 너를 생각해야 하니까

너에게 가서 숨을 쉬고

할 수 있는 만큼 멀리까지 보고

그렇게 하염없이 있어야 하니까

매미

찰나의 짙푸름 속에서
마침내 목 놓아 부르는
짙푸른 노래

찰나의 뜨거움 속에서
감격에 젖어 부르는
뜨거운 노래

이렇게 짙푸를 줄 몰랐지
이렇게 뜨거울 줄 몰랐지

충분해
찰나일수록
차고 넘치는 생의 기쁨

의미의 의미

세상은 그냥 존재하고

모든 일은 그냥 일어난다는 것을

알면서도,

모든 것에서 의미를 찾는 일은

우리가 하는 일 중

가장 의미 있는 일

모든 우연의 조합 속에서

어떤 메시지를 건져 올리고

이해할 수 없는 모든 일을

기어이 이해해 버리고 마는 능력

맞지 않는 퍼즐 한 조각의

제 자리를 찾아내고

이건 반드시 필요했던 조각이었어,

라고 말할 줄 아는 재치

그 모난 한 조각을 위해

다른 조각들을 잘라내고 기워내며

더 아름다운 작품이 될 거라고

기꺼이 믿는 예술가들

우리는 그저 예술가로 살아가야 해

무심하게 돌아가는 세상 위에서

무심하게 존재하지 않기 위해서

새벽 네 시를 아는 사람

잠들어 있는 세상에서 홀로 일어나

새벽을 반으로 가르고

공기의 흐름을 흔드는 사람

자기만의 궁전을 짓고

그 안에 홀로 존재하는 사람

고요한 마음 위에

작은 돌멩이 하나를 던져보고

그 물결을 감상할 줄 아는 사람

세상이 깨어나는 것을 지켜보다가

그 세상과 잘 섞이려고

크게 심호흡을 하는 사람

새벽 네 시를 아는

아름다운 사람

작고 깊게

작게 살고 싶어

작게 작게

작게 먹고 작게 숨쉬고

세상에 신세를 작게 지고

누구에게도 영향을 주지 않으면서

깊게 살고 싶어

깊게 깊게

내 마음 가득 무언가를 꾹꾹 눌러 담다가

사실은 내 공간이 무한하다는 것을

발견하고 싶어

세상에 없는 듯 작게 존재하는

끝없이 깊은 우주 하나를

조용히 품고 싶어

끝인사

너를 사랑한 날들에 눈을 맞춰

너를 놓아가던 날들에 미소를 보내

어느새 저만치 멀어져 가는 날들에

모자를 벗어 흔들어

잘 가, 멀리 가!

고마웠어!

폭풍이 지나간 자리의 고요를 거닐다

너를 다 뜯어낸 자리에 수줍게 윙크

나의 낯선 오늘과 멋쩍게 하이파이브

끝내 가 보지 못한 날들에 입맞춤

닿지 못한 모든 순간 하나하나에

정성을 다해

안녕, 안녕히

에필로그

이 책에 날개가 있다면

너로 가득한 책을 한 권 썼어

출판을 해 준다는 출판사는 없지만

만일을 대비해 작가 소개를 써 봤어

책 디자인까지는 생각 안 해 봤지만

책날개는 반드시 있어야겠지

거기가 바로 작가 소개 자리니까

나를 어떻게 소개해야 할까

책날개를 갖추고 태어난 멋진 책들에서

작가 소개들을 훔쳐보았어

명문 학교에 다닌 적이 없어서

내세울 만한 일을 한 적이 없어서

첫 문장부터 막혔어

난 너 하나 사랑한 것밖에는 없는데

그걸로 책을 쓸 만큼

이건 나밖에 없는 약력

책 속에는 너를 가득 담고

책날개에는 나를 살짝 묻혀서

세상에 내놓으면 좋겠다

책이 태어나는 순간부터

누군가에게 읽히는 기적 같은 삶을 지나

책들의 무덤에서 잠들 때까지

너하고 나하고

한 권의 책 안에서

정답게 덮여있으면 좋겠다